MON PÈLERINAGE

EN

TERRE-SAINTE

15 Avril. — 3 Juin 1890

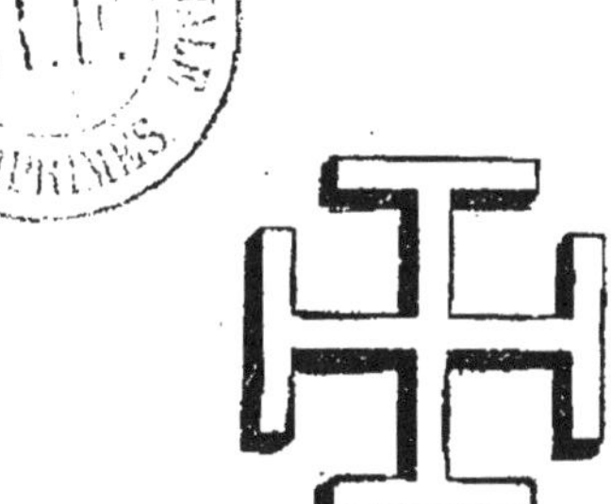

BOURGES

IMPRIMERIE TARDY-PIGELET

15, RUE JOYEUSE. 15

—

1890

AUX LECTEURS

Je n'aime pas les préfaces, parce qu'elles sont généralement ennuyeuses. La mienne aura au moins le mérite d'être courte.

Dans le pèlerinage que j'ai eu le bonheur de faire en Terre-Sainte, il y a quelques semaines, j'ai pris des notes comme beaucoup d'autres pèlerins, en vue de satisfaire la légitime curiosité de mes chers paroissiens. Mais pour faire lire ces notes, j'ai dû au préalable — avec la permission de Mgr l'Archevêque — les faire imprimer. Et une fois décidé à faire gémir la presse, comme disaient nos pères, je me suis demandé s'il n'y aurait pas lieu d'étendre la distribution de cette humble brochure un peu au delà des bords de la Creuse.

Tous les auteurs, si médiocres qu'ils soient, ont la faiblesse, souvent le tort de se croire intéressants. Autrement, ils n'écriraient point. Sous l'empire

de cette douce illusion, j'ai pensé que je pouvais —
n'est-ce pas une témérité ? — envoyer ces quelques
pages à mes vénérés confrères du diocèse. Toute-
fois, par esprit de justice et pour ne point m'expo-
ser à tomber, si je les vendais, si peu que ce fût,
dans l'obligation pénible de restituer, je suis résolu
à les donner. A ce compte-là, chacun en aura toujours bien pour son argent.

Aux personnes indulgentes qui trouveraient dans
leur bonté qu'elles en ont pour un peu plus, je ne
demande en retour qu'un chapelet à l'intention
des âmes du Purgatoire.

A. MINGASSON,

Curé-Doyen d'Argenton.

MON PÈLERINAGE EN TERRE-SAINTE

15 Avril. — 3 Juin 1890

1

Départ. — Clermont. — La ligne des Cévennes. — Arrivée à
Marseille. — Excursion à Toulon. — Notre-Dame de la Garde.
— Le *Poitou*.

Le mardi 15 avril dernier, à 9 heures du matin, par un
temps pluvieux et maussade, je quittais Argenton, en prenant mon billet pour l'Orient. Non, je me trompe, je l'avais
pris depuis plusieurs semaines. Il ne me restait plus, ainsi
qu'à mon jeune et aimable compagnon de voyage, M. B...,
qu'à gagner Marseille notre port d'embarquement.

C'est ce que nous fîmes en nous dirigeant vers cette ville
par Montluçon, Clermont-Ferrand, Nîmes. A Montluçon
nous fûmes rejoints par M. le curé de Saint-Pierre, de
Bourges, mon bien-aimé frère, dont la société ajoutait pour
moi un charme de plus au saint voyage. Dîner et coucher à
Clermont, la jolie capitale de l'Auvergne. Nous profitâmes
de cet arrêt pour faire une visite au célèbre sanctuaire de
Notre-Dame-du-Port.

Le lendemain matin, à 6 heures, nous partions pour
Nîmes par un beau soleil qui semblait annoncer une magnifique journée. Annonce trompeuse, comme tant d'autres,
car nous avions à peine franchi les frontières de la fertile
Limagne qu'une pluie torrentielle commença à tomber.

Heureusement, cette ligne de chemin de fer, encore inconnue pour moi, nous distrayait par la sauvagerie des sites qu'elle montre durant toute la traversée des Cévennes. A la station de Luc, point culminant, nous étions à plus de mille mètres au-dessus du niveau de la mer. Environ vingt lieues plus loin, l'altitude n'était plus que de cent vingt mètres. Ce simple détail permet de se faire une idée de la rapidité des pentes, avec l'accompagnement obligé, dans les pays de montagnes, de tunnels sans nombre et de ponts gigantesques jetés sur les ravins. La pluie avait gonflé les rivières, créé des ruisseaux dans toutes les gorges. Ceux-ci formaient çà et là de jolies cascades, mais on aurait mieux aimé les voir par un clair soleil à la place de cette pluie froide et sombre qui arrive à rendre tristes les caractères les plus joyeux.

A 6 heures nous arrivions à Nîmes; une heure plus tard nous passions le large Rhône à Tarascon, mais sans le voir beaucoup parce qu'il faisait nuit. Enfin, vers minuit, nous faisions notre entrée à Marseille, avec moins de pompe assurément que M. le Président de la République qui nous avait précédés de quelques heures. Cette coïncidence faillit même nous être fatale. Tous les hôtels étaient pleins; partant plus de chambres pour les trois pèlerins du Berry qui arrivaient pourtant assez fatigués par dix-huit heures de chemin de fer. On conviendra que la perspective de coucher sous les platanes du cours Belsunce ou sur les trottoirs de la Cannebière, si beaux soient-ils, n'avait rien de bien attrayant. Nous finîmes par trouver une première chambre, puis une seconde à deux lits dans un autre hôtel. La Providence avait veillé sur nous, et nous pouvions, entre une heure et deux heures du matin, commencer à prendre un repos vraiment nécessaire.

La journée du jeudi fut consacrée à une petite excursion jusqu'à Toulon. Nous pûmes visiter l'Arsenal maritime, un peu sommairement, il est vrai, faute de temps. Autrement nous nous trouvions dans les conditions les plus favorables pour en voir toutes les merveilles, puisque nous étions pilotés par le commandant d'un de nos plus grands cuirassés de guerre, M. le capitaine de vaisseau M..., qui s'était fait notre cicérone avec une bonne grâce et une amabilité parfaites. C'était un honneur pour nous. Un peu plus tard nous eûmes encore celui d'être reçus à sa table par Mme la commandante M..., avec la cordialité, l'aimable simplicité et la distinction qu'on trouve facilement réunies chez les grands chrétiens.

A notre retour à Marseille, les principales rues de cette grande ville étaient remplies de monde en l'honneur de M. le président Carnot. Grand déploiement de drapeaux et d'oriflammes. On ne voyait que guirlandes, que trophées, que lampions, arcs de triomphe, etc. La foule trouvait sans doute tout cela joli. Pour nous, nos préoccupations étaient tournées d'un autre côté. Nous pensions au *Poitou*, nous cherchions le *Poitou*, c'est-à-dire le navire qui devait nous porter aux saints rivages, afin de nous y installer, d'y faire déposer nos malles, en un mot de nous préparer au départ. Nous y couchâmes la nuit suivante en vue de nous accoutumer. Notre cabine située à l'arrière du vaisseau, dans le premier entrepont, était une chambrette d'environ deux mètres de long sur deux de largeur et deux de hauteur. Quatre couchettes sont installées là dedans, deux de chaque côté, l'une au-dessus de l'autre. Un rideau ferme l'entrée. Un œil de bœuf — un hublot, en terme de marine — d'environ vingt-cinq centimètres de diamètre est tout ce qu'il y a en fait de fenêtre. C'est par là qu'on prend l'air et qu'on voit le jour. Installation modeste assurément, et pourtant c'est une cabine de seconde classe. Mais on comprend facilement qu'un navire qui embarque plusieurs centaines de passagers ne puisse pas offrir à chacun une chambre confortable. Nous dormîmes cependant cette première nuit et le vendredi nous étions frais et dispos pour monter à la chapelle de Notre-Dame-de-la-Garde, où tous les pèlerins devaient se réunir, afin de faire leurs adieux à la France et de se mettre sous la protection de la Sainte-Vierge. Cette chapelle est bâtie sur un rocher très élevé qui domine la ville et la mer. On a de là une vue magnifique. Presque tous les prêtres purent dire la sainte messe, grâce à de nombreux autels. La messe principale fut dite par Monseigneur l'évêque de Marseille, qui, après nous avoir donné de paternels avis, remit à chacun la petite croix rouge de pèlerinage. Cérémonie touchante, pleine de foi et de piété. Monseigneur voulut bien encore venir à onze heures à bord du *Poitou*, afin de bénir les deux grandes croix de bois qui avaient été dressées l'une au pied du grand mât, l'autre près des machines. Une heure plus tard, tout étant disposé, le *Poitou* levait l'ancre, ou plutôt détachait les cordages qui l'amarraient au quai.

II

Le mal de mer. — Composition du pèlerinage. — Aménagement du vaisseau. — Gros temps. — Incidents divers.

Nous partions; la joie était sur tous les visages. Hélas! pour beaucoup, elle n'y fut pas longtemps. A peine avions-nous franchi la passe, à l'entrée du port, que notre beau *Poitou*, bercé par les vagues, se mit à bercer lui-même ses passagers, en se penchant mollement tantôt à tribord, tantôt à bâbord, c'est-à-dire tantôt à droite, tantôt à gauche. C'est le roulis. Il inclinait aussi, gracieusement, vers les flots tantôt l'avant, tantôt l'arrière. C'est le tangage. Rien de plus beau que ces mouvements doux et puissants d'un grand vaisseau. Malheureusement, les pauvres humains qui y prennent part malgré eux s'en trouvent généralement fort mal du côté des entrailles et de l'estomac, à moins qu'ils ne soient familiarisés avec les choses de la mer par un long usage. Disons nettement le fait. Presque tous les pèlerins furent aussitôt pris du mal de mer, c'est-à-dire de vertiges et de nausées, suivies de leurs conséquences ordinaires, presque inévitables. On n'en meurt pas, mais on en souffre quelquefois beaucoup. Atteint un des premiers, je dus gagner ma couchette et y passer tristement toute la soirée du vendredi, en des balancements perpétuels auxquels j'aurais certainement préféré un peu de stabilité. Plus heureux, mes deux aimables compagnons avaient échappé au fléau. Ils étaient du petit nombre, moi je faisais partie de la foule des blessés. Cependant, cette première indisposition fut de courte durée. Le lendemain matin presque tout le monde était guéri parce que la cause du mal avait cessé. Nous nous dirigions maintenant par une mer tranquille vers le nord de la Corse.

Toute cette journée fut belle. On put se reconnaître un peu. Nous étions, paraît-il, 375 pèlerins, dont un peu plus de cent dames ou jeunes filles, une centaine de messieurs laïques et environ 160 prêtres ou religieux. M. le curé de Saint-Pierre de Bourges, M. B... et moi représentions seuls le Berry. En comptant l'équipage et les gens nécessaires aux divers services nous devions être au moins 450 personnes à bord. *Le Poitou* est un paquebot de la Compagnie générale des Transports maritimes, de dimensions déjà respectables : cent mètres de long sur dix de large, approximativement. Avant de l'avoir vu, on peut difficilement se faire une idée de tout l'attirail dont se compose l'ameublement — les marins disent l'armement — d'un pareil vaisseau. Il est mû par des machines à vapeur de la force de 350 chevaux, ce qui n'empêche pas qu'il n'ait des mâts avec des voiles, mais celles-ci ne sont là qu'en cas de besoin, c'est-à-dire en cas que la force motrice par la vapeur vienne à manquer, ou à se trouver insuffisante. La plate-forme du navire, le pont, est partagé dans le sens transversal en trois parties inégales : l'arrière, le milieu ou pont proprement dit, et l'avant. Le milieu est plus bas d'environ deux mètres. C'est dans cette partie, mais en dessous du pont, que se trouvent les machines. L'arrière ou le gaillard d'arrière, comme disent les marins, — je parle toujours de la plate-forme — avait été transformé en chapelle. Pour cela on l'avait recouvert et entouré de toiles qui le préservaient tant mal que bien du soleil, de la pluie et du vent. Un maître-autel et d'autres petits autels mobiles permettaient d'y dire tous les jours un grand nombre de messes, à moins que le temps ne fût trop mauvais. C'était là que les pèlerins se réunissaient plusieurs fois par jour pour les divers exercices de piété : messe, chapelet, chemin de la Croix, bénédiction du Saint-Sacrement, etc. Le pèlerinage avait pour directeur le R. P. Bailly, *Le Moine* de *la Croix*, assisté de plusieurs autres religieux de l'Assomption, tous pleins de charité et d'attention pour les pèlerins. Les officiers du bord étaient également bienveillants pour nous, et toutes les branches du service s'en ressentaient à notre avantage.

La journée du dimanche 20 avril fut magnifique. Nous descendions par une mer très calme entre l'Italie et la Sardaigne. Nous avions côtoyé l'île d'Elbe, Capri, Monte-Christo. Au coucher du soleil, nous arrivions aux îles Lipari, où se trouve le Stromboli, volcan toujours fumeux. Il paraît que ce soir là il faisait relâche, car nous ne vîmes rien ou à peu près rien. A la chapelle, nous eûmes de très beaux offices chantés par cette foule de prêtres et de pieux chrétiens. C'était vraiment touchant. Le R. P. Bailly nous dit le soir que notre pèlerinage se dessinait bien au point de vue de la piété et qu'on pouvait espérer son plein succès. Nous nous endormîmes sur cette bonne parole, pendant que *le Poitou*, avançant toujours, arrivait au détroit de Messine. Il le franchit vers minuit, sans que nous ayons pu jouir du beau coup d'œil qu'il présente. Cet avantage nous était réservé au retour. Dans le détroit se trouvent les deux écueils, fameux dans l'antiquité, qui ont donné naissance au proverbe : *Tomber de Charybde en Scylla*. Nous avions heureusement évité l'un et l'autre, mais nous entrions dans la mer Ionienne qui a mauvais renom parmi les marins, au point de vue du gros temps, à cause, prétendent-ils, de l'Adriatique qui débouche par elle dans la Méditerranée. L'Adriatique est-elle ou n'est-elle pas coupable, je ne sais. Mais un fait certain c'est que notre calme avait pris fin.

Avec le roulis, le mal de mer reparut plus général encore qu'au départ de Marseille. Que de blessés partout !

> On n'en voyait point d'occupés
> A chercher le soutien d'une mourante vie.
> Nul mets n'excitait leur envie.

Les réfectoires devenaient presque déserts. Triste lundi après un si beau dimanche ! Le mardi ne valut pas mieux ; il fut même pire vers le soir où nous eûmes vraiment une grosse mer, sans danger pourtant, au dire des officiers, mais non sans frayeur pour des navigateurs novices, comme moi et beaucoup d'autres. A la première inclination profonde du navire sur son flanc droit, il y eut émoi dans la salle à manger des deuxièmes : d'un commun accord verres, bouteilles, carafes, assiettes se mirent à rouler par terre. Des dames qui mangeaient sur le pont, tombèrent dévotement à genoux, sans s'y attendre, plusieurs même firent la prostration, pendant que leur vaisselle, contenant et contenu, gagnait prestement le bordage. On en rit. Cependant tous ne riaient pas. La mer montait de plus en plus. Le *Poitou* dansait sur les vagues, ni plus ni moins qu'une modeste planche, puis retombait de tout son poids dans la vallée, puis remontait et retombait encore. On se coucha tristement sur ces entrefaites, pour se coucher, pas pour dormir bien entendu, car comment dormir, quand on est balloté de la sorte sur une mer de 2,500 à 3,000 mètres de profondeur. Ah ! qu'à ce moment la terre ferme paraissait aimable ! On racontait le lendemain qu'un bon curé, couché dans sa cabine au plus fort de la danse, faisait ses réflexions tout haut : — C'était bien la peine de te mettre à ton dernier sou, de quitter tout ce que tu as de plus cher, pour venir te noyer si loin !... Moi qui étais si tranquille dans mon presbytère !...

J'avoue — ce n'est pas pour moi un titre de gloire — qu'étendu silencieusement sur mon étroite couchette, je me disais bien à peu près la même chose, tout en priant de mon mieux. Il y avait entre nous cette seule différence que je ne le disais pas tout haut.

Enfin, la nuit cessa, et le gros temps — il y aurait peut-être exagération à dire la tempête — prit fin avec elle. Nous étions sortis de la mer Ionienne. Les parages où nous nous trouvions sont abrités par l'île de Candie, l'ancienne Crète, et par suite moins exposés aux perturbations de l'onde amère. Les vagues s'étaient aplanies, les vallées s'étaient comblées ; partout l'immense plaine, bleue comme le ciel, et dans le ciel, un beau soleil montait à l'orient. La joie ne tarda pas à se montrer sur tous les visages, d'autant que le mal de mer, cause de si nombreuses misères, disparaissait promptement. Cette journée du mercredi, par une mer calme et un soleil magnifique, a été une des plus belles de notre traversée. C'était d'ailleurs la dernière que nous devions passer tout entière à l'aller, puisque nous arrivions le lendemain à Alexandrie.

III

Alexandrie. — Réception chaleureuse. — Le Caire. — Le musée de Ghisé. — Les pyramides. — Matarieh. — Retour à Alexandrie. — En mer pour Caïffa.

Nous avons fait notre entrée dans le port de la grande ville égyptienne vers cinq heures du soir. Il paraît qu'on nous y attendait beaucoup plus tôt. Les Pères Lazaristes, les Frères des Ecoles chrétiennes, les Sœurs de Saint-Vincent de Paul, encore d'autres sœurs françaises dont je ne

sais plus le nom, occupaient le quai au milieu d'une foule
nombreuse et sympathique. Aussitôt descendus du paquebot, nous allâmes, en rang, par quatre de front, jusqu'à la
cathédrale recevoir la bénédiction du Saint-Sacrement. Le
cava du consulat de France, sorte d'appariteur en veston
brodé d'or, marchait à notre tête. Nous chantions. Partout
sur notre parcours, les rues étaient pleines de gens attirés
sans doute par la nouveauté du spectacle. Après la bénédiction, le pèlerinage se divisa ; les dames se rendirent chez
les Sœurs de la Charité, les hommes chez les Frères, pour
diner et coucher. Je connais trop les Filles de Saint-Vincent pour douter un seul instant qu'elles n'aient reçu les
dames avec toute la cordialité et la délicatesse possibles.
Quant aux bons Frères, on ne saurait être plus aimable
qu'ils ne l'ont été pour nous. La réception a été vraiment
magnifique. Décorations, chants, musique, pièce de théâtre
jouée par les élèves, rien n'y manquait. Le lendemain,
nous nous réunissions tous à la cathédrale, à 9 heures,
pour la messe. Mgr l'Évêque, qui voulut bien la dire lui-
même, nous adressa à la communion une allocution touchante, dans un excellent français, quoique Sa Grandeur
soit de nationalité italienne, si je ne me trompe. Il appartient à l'ordre de Saint-François, de même que les religieux
qui desservent sa cathédrale dédiée à la glorieuse vierge
martyre d'Alexandrie, sainte Catherine.

Le consul de France, son secrétaire, les officiers du
Poitou, tous en grande tenue, assistaient à cette messe.
L'excellente musique des Frères joua à diverses reprises.
Il y eut aussi des chants auxquels nous répondîmes avec
élan par nos cantiques de pèlerinage, notamment par
celui-ci :

> Nous voulons Dieu, c'est notre Père,
> Nous voulons Dieu, c'est notre Roi.

La grande église était pleine d'une foule sur laquelle
nous n'avons pas dû faire une trop mauvaise impression.

Après le déjeûner, pris encore chez les chers Frères, nous allâmes à la gare et partîmes bientôt pour Le Caire. Une cinquantaine de lieues sépare cette ville d'Alexandrie. La ligne du chemin de fer passe d'abord durant plusieurs lieues entre la mer et le lac Mariout, dans une plaine basse, peu fertile à en juger par les bruyères qu'on y voit. Mais on ne tarde guère à entrer dans le delta du Nil, c'est-à-dire dans l'immense plaine qui est arrosée par les diverses branches du fleuve et qui s'étend du Caire, et même de plus haut, jusqu'à la Méditerranée. Tout ce pays est d'une fertilité merveilleuse, grâce à la richesse de l'humus, à la chaleur du climat, grâce surtout à l'abondance des eaux d'arrosage. En effet, on voit dans la campagne un grand nombre de puits peu profonds, au-dessus desquels un grossier manège, tourné par un bœuf, un chameau ou des ânes, permet de monter l'eau, qui est ensuite envoyée sur le terrain au moyen de rigoles.

Le Caire est une grande ville, quoiqu'on exagère certainement le chiffre de sa population en le portant à un million d'habitants. Elle est bâtie dans la plaine, sur la rive droite du Nil. Le pèlerinage prit gîte en arrivant chez les Pères Jésuites, chez les Frères, et dans plusieurs des principaux hôtels de la ville qui, en considération du nombre, avaient offert des prix de faveur. Nous descendîmes, M. le curé de Saint-Pierre et moi, avec une soixantaine de pèlerins, à l'*hôtel Khédivial*, bel établissement situé près du grand jardin public, dans un des plus jolis quartiers de la ville. Nous y avons été très bien traités, à un prix raisonnable. Dès le soir, après le dîner, nous sortîmes pour faire une courte promenade en longeant le jardin. On trouve dans les villes d'Égypte une partie de ce qui se voit dans nos villes d'Europe, mais à côté de cela, les premières ont des particularités intéressantes, parfois même très originales. Ainsi Le Caire a peu d'omnibus. Quelqu'un a-t-il une course à faire, il enfourche un âne à louer et va où il doit aller, pendant que le loueur suit par derrière, en piquant la bête s'il en est besoin. A propos de ces ânes nous fûmes témoins ce premier soir d'une très jolie scène. Pendant que nous longions la grille du jardin, en examinant les boutiques situées de l'autre côté de la rue, un âne vint à passer portant un monsieur assez bien mis. Lancé au grand trot, l'âne fit un faux pas et tomba. Naturellement, le cavalier fit de même et alla piquer une tête en avant. L'ânier qui suivait de près en courant tant qu'il pouvait, n'eut pas le temps de s'arrêter, heurta l'âne et tomba dessus. En France, c'était tout un accident. Vingt personnes seraient accourues, le cavalier aurait été porté à la pharmacie prochaine, avec une jambe cassée ou un bras démis. L'âne serait resté sur place ou se serait relevé avec les genoux saignants. Et que de paroles! peut-être que de blasphèmes! Au Caire, rien de tout cela. En vingt ou vingt-cinq secondes, c'est-à-dire en moins de temps qu'il n'en faut pour écrire la chose, l'âne fut relevé, le cavalier remis en selle, l'ânier avait repris le trot, sans que personne eût rien dit.

Notre première journée au Caire fut consacrée à la visite des pyramides. Ces monuments fameux sont situés sur la rive gauche du Nil, à environ 18 kilomètres de la ville. Nous partîmes le matin vers 6 heures, dans des omnibus et des voitures de place qui, après une courte visite à la belle mosquée de Méhémet-Ali, nous conduisirent promptement au pont du Nil. On sait que le Nil est un des plus grands fleuves du monde. Nous l'avions déjà passé en chemin de fer, mais divisé en plusieurs branches, tandis qu'au Caire il est encore dans son entier. Même en cette saison où les eaux sont basses, il forme une magnifique nappe d'eau d'environ 600 mètres de largeur. Après avoir passé le fleuve et l'avoir remonté quelque temps sur sa rive gauche, nous sommes arrivés au musée de Ghisé, dans lequel on a réuni un grand nombre d'antiquités égyptiennes découvertes par les archéologues modernes. La direction du pèlerinage avait obtenu pour nous la permission de le visiter, et même de déjeûner sur l'herbe dans les beaux jardins qui l'entourent. Impossible d'énumérer, encore plus de décrire, tout ce que ce musée renferme. Je me contenterai de signaler quelques momies dont le visage a été mis à nu, celle du roi Sésostris notamment, qu'on voit au naturel, avec ses dents, ses cheveux, etc., après un séjour de plusieurs milliers d'années dans la tombe. Ce n'est pas beau, mais c'est intéressant, surtout pour les amateurs de vieilleries. Je dirais volontiers la même chose des pyramides qui sont, après tout, de formidables amas de pierres, sans ornement et sans art. La plus grande a, dit-on, 142 mètres de haut. Au coup d'œil, on lui donnerait beaucoup moins, à cause de sa large base et de sa masse. On peut l'escalader, en montant d'une assise sur l'autre, comme le firent plusieurs pèlerins, pendant que les autres, moins agiles, allaient, au milieu d'un véritable désert de pierre et de sable, voir un peu plus loin la tête du Sphinx et le temple d'Isis aux énormes blocs de granit.

Le lendemain, dimanche, 27 avril, fête du Patronage de saint Joseph, était réservé au pèlerinage de Matarieh, à 10 kilomètres du Caire par chemin de fer. C'est là que se trouve, d'après la tradition, l'arbre sous lequel Marie et Joseph, portant l'Enfant Jésus, se reposèrent avant d'entrer au Caire. Une fontaine miraculeuse y avait pris naissance à cette occasion. La fontaine est, actuellement, un peu plus loin, dans une propriété des Pères Jésuites auxquels appartient aussi l'arbre vénéré. A onze heures, retour au Caire. Dans la soirée, nous pûmes visiter la ville, et en particulier le bazar arabe, qui est une vraie curiosité. Qu'on se figure un enchevêtrement de ruelles étroites, encombrées de monde et bordées de petites boutiques, d'une propreté souvent douteuse, où se trouve toute espèce de marchandises, depuis la joaillerie la plus riche, depuis les belles étoffes orientales de soie et d'or, jusqu'aux modestes babouches. Celles-ci sont une sorte de pantoufles rouges sans talon. Mais j'ai tort de les appeler modestes, puisque c'est déjà un article de luxe. Le peuple, en effet, dans son ensemble, marche pieds nus. Le costume des petites gens est d'ailleurs très simplifié. Une large culotte en calicot, rarement propre, en est le premier article. Une sorte de grande blouse blanche, bleue ou jaune, fendue sur les côtés et descendant jusqu'à la cheville, sans taille ni ceinture ; sur la tête, une calotte en feutre quelquefois entourée d'un mouchoir roulé en forme de turban ; voilà à peu près tout ce qu'on voit en dehors des costumes européens. A cette grande blouse, les femmes ajoutent généralement un voile noir qui couvre la tête en retombant sur les épaules. Ce voile naturellement remplace la calotte. Quant aux enfants, petits garçons surtout, beaucoup d'entr'eux sont littéralement en chemise de nuit. La population du Caire, dans sa grande majorité, est musulmane ; cependant il paraît qu'on y trouve à peu près toutes les religions connues, en particulier de trente à quarante mille catholiques. Nos établissements y propagent la langue française et l'amour de la France. La langue usuelle est l'arabe. Les Anglais, qui occupent militairement l'Égypte, y paraissent cordialement détestés. On dit qu'au moment des grandes chaleurs, la plupart des familles riches se réfugient à Alexandrie où le voisinage de la mer apporte toujours une fraîcheur relative. A l'époque où nous étions au Caire, à la fin d'avril, la chaleur était modérée, ce qui n'empêchait pas qu'on ne fût harcelé par les mouches et les moustiques. Afin de se préserver des piqûres de ces derniers, on entoure les lits d'un moustiquaire en tulle (ce qu'une bonne âme du pèlerinage appelait très innocemment un *mousquetaire*).

Le lundi, 28 avril, après une courte excursion au Vieux-Caire, dans lequel on montre encore, d'après la tradition, la petite maison que la Sainte Famille habitait durant son séjour en Égypte, le pèlerinage quitta Le Caire pour revenir à Alexandrie. Le *Poitou* nous attendait. Arrivés à 5 heures du soir, nous avons immédiatement monté à bord, et notre beau navire a repris la mer par un temps magnifique. La journée du 29 fut employée tout entière à gagner Caïffa.

La mer était absolument calme, d'un bleu admirable. Tout le monde se réjouissait parce que, quelques heures plus tard, nous devions aborder aux rivages de la Terre-Sainte. C'était pour nous la terre promise.

IV

Caïffa. — Le débarquement. — Le couvent du Mont-Carmel. — Les chevaux. — Le chameau. — Départ pour Nazareth. — L'agriculture en Palestine. — Les villages. — Les animaux. — Grande halte.

Quand nous nous éveillâmes de bonne heure le lendemain, le bruit de l'hélice avait cessé. Appuyé sur ses ancres, le *Poitou* dormait à son tour. Nous étions en rade de Caïffa. Tout le monde se précipitait sur le pont. Les cœurs battaient bien fort. La voilà donc enfin cette terre de Palestine, unique au monde par ses souvenirs religieux !... Nos regards contemplaient avec une pieuse avidité ce rivage que nous venions chercher de si loin. Nous avions devant nous, à un kilomètre environ, la ville de Caïffa, au pied du Carmel, dont le promontoire s'avançait jusqu'à la mer, sur la droite. A gauche le rivage, formant une plaine basse, plantée de palmiers et de divers arbustes, remontait droit au nord vers Saint-Jean-d'Acre. Le tableau était joli, mais nous étions des pèlerins, non des touristes. Nous pensions à notre doux Sauveur Jésus, né sur cette terre et mort sur cette terre, après l'avoir foulée de ses pieds divins durant trente-trois ans.

Aussitôt qu'il fit grand jour, on s'occupa du débarquement, opération beaucoup plus laborieuse qu'à Alexandrie, parce que le port de Caïffa, manquant de profondeur, notre navire n'avait pas pu, cette fois, aborder à quai. Il fallut donc recourir aux barques du pays, qui vinrent nous chercher à bord, non sans quelque confusion. Après les voyageurs, on dut transporter les bagages qui furent aussitôt déposés à la douane. Heureusement, les douaniers ne furent pas trop exigeants. Rien n'est désagréable, en effet, comme cette visite des bagages, pour peu que les employés y mettent de mauvaise volonté ou simplement de lenteur. Il faut ouvrir les malles, les caisses ; on bouleverse tout. Mais, comme je viens de le dire, ceux de Caïffa furent accommodants, tout en s'acquittant de leur service, et par là ils s'acquirent des droits à notre reconnaissance.

Vers 6 heures, tout étant terminé, nous primes en procession la route du Carmel. Cette montagne fameuse dans l'Ancien Testament, notamment par le séjour qu'y fit le prophète Élie, forme, comme je l'ai déjà dit, un promontoire élevé qui s'avance dans la mer. Tout en haut se trouvent le couvent des Pères Carmes et leur église qui est le centre de la célèbre archiconfrérie du scapulaire de Notre-Dame du Mont-Carmel, répandue dans le monde entier. Ce fut là que se passa notre première journée dans la Terre-Sainte, en préparatifs de tout genre pour les voyages ultérieurs. On amena là tous les chevaux qui devaient nous servir les jours suivants. Chacun reçut le sien avec un numéro d'ordre pour le reconnaître. On les essaya même dans une courte excursion à la fontaine d'Élie et aux ruines de l'école des prophètes que cet homme de Dieu avait fondée.

Je n'étonnerai point mes lecteurs en disant que les pèlerins sont généralement peu habiles dans l'art de l'équitation. Personne, en effet, ou presque personne, ne monte plus à cheval en France, si on excepte les troupes de cavalerie et quelques jeunes gens. Aussi plusieurs chutes eurent lieu dès la mise en selle, mais sans accidents graves heureusement. En Palestine au contraire tout le monde chevauche ou marche à pied. C'est pourquoi on ne voit que chevaux de selle, la plupart vigoureux, ardents, quoique mal nourris et harnachés à la diable. Ils ont pour concurrents, comme en Égypte, les ânes et les chameaux. Ces derniers sont surtout pour les lourds fardeaux qu'ils portent sérieusement, d'un pas égal et majestueux. Le chameau est un animal extrêmement précieux dans les pays chauds parce qu'il est robuste, docile, patient et d'une sobriété proverbiale, mais il faut convenir qu'au point de vue des formes, il n'en est point de plus disgracié de la nature. Un corps bossu, difforme, monté sur quatre grandes jambes ; une vilaine petite tête emmanchée d'un long cou, voilà à peu près tout le chameau. Son œil intelligent, sa démarche grave, lui donnent pourtant un air digne au milieu de toute sa laideur. — Tant il est vrai que beauté et bonté (prise dans son sens le plus étendu) sont choses fort différentes, parfaitement séparables et même souvent séparées.

Après avoir fait toutes nos dévotions au Mont-Carmel, nous partîmes le jeudi matin 1er mai pour Nazareth. Ce fut notre première grande étape. Il fallut repasser par Caïffa, puis, en longeant la montagne, nous arrivâmes à l'entrée de la plaine d'Esdrelon, immense plaine ondulée dans laquelle se sont livrées plusieurs des grandes batailles dont parle l'Histoire-Sainte. Elle est fertile en général, mais très imparfaitement cultivée. En fait de céréales, on ne voit guère que de l'orge ou du froment barbu comme l'orge. Rien de plus primitif que le mode de labourage employé par les gens du pays. Deux petites vaches, portant sur le cou un bout de chevron en manière de joug, tirent une petite charrue de bois grossièrement taillée, que l'homme tient de la main gauche, avec la plus grande facilité. C'est assez dire que la terre est simplement égratignée sans aucune fumure bien entendu, et pourtant, à notre passage, la récolte s'annonçait belle. Que n'obtiendrait-on pas avec les procédés perfectionnés d'agriculture usités en France, là où l'on voit si communément « deux belles bêtes creuser profond et tirer droit », comme dit la chanson des Bœufs.

Il faut cependant convenir que la Palestine manque généralement d'un des éléments nécessaires à la fécondité de la terre : elle manque d'eau. En allant de Caïffa à Nazareth — environ dix lieues — nous n'avons traversé qu'un seul cours d'eau, et quel cours d'eau ! un pauvre petit ruisseau fangeux, qui coule à peine. C'est le Cison qui vient se jeter dans la Méditerranée au nord de Caïffa. En rencontrant plusieurs fois son nom dans l'Écriture-Sainte, j'avoue que je m'étais figuré autre chose. Eh bien, tout petit qu'il soit, sa présence est la fortune du pays, à plusieurs lieues à la ronde, parce qu'il sert à désaltérer les troupeaux, peut-être aussi les habitants. Ceux-ci paraissent peu nombreux, car on ne rencontre que rarement des villages bâtis pauvrement en terre battue et séchée au soleil. Ils se composent d'un certain nombre de misérables huttes adossées irrégulièrement les unes aux autres et terminées en terrasses. La porte sert en même temps de fenêtre et sans doute aussi de cheminée quand on fait du feu. L'aspect des habitants n'est pas moins misérable que celui de leurs demeures. Des femmes, des enfants déguenillés, sales, marchant pieds nus, grouillent là dedans, en compagnie des animaux domestiques. En face de ces taudis, ma pensée se reportait sur les jolis villages de la vallée de la Creuse. Comme ils m'apparaissaient beaux, encore plus beaux qu'ils ne sont ! Et pourtant nos villageois se trouvent malheureux. Leur grand malheur est qu'ordinairement ils ne sont pas assez religieux pour prendre la vie sous son vrai jour et supporter chrétiennement les peines qu'elle comporte. Que diraient-ils s'ils étaient transportés tout à coup sur les bords du Cison ?

On voit peu de chiens et de chats, presque pas de porcs, dans ces villages de la Palestine, mais des poules et autres volailles. Dans la campagne, on rencontre de loin en loin de grands troupeaux de vaches noires, maigres, petites, qui paraissent appartenir à une espèce dégénérée. On trouve aussi des troupeaux de chèvres qui diffèrent notablement de celles de France. Elles sont plus petites, noires, souvent dépourvues de cornes, et remarquables surtout par de longues oreilles molles qui retombent de chaque côté de la tête. Les moutons paraissent moins nombreux et présentent cette singularité que le dos se termine à la naissance de la queue par une boule de graisse. En fait d'oiseaux vivant en liberté, il y a beaucoup de moineaux, hardis et pétulants comme les nôtres, des tourterelles, des perdrix, des vautours, des hirondelles, des martinets, des corbeaux, etc. Cependant c'est surtout en Égypte que les corbeaux abondent.

Partis du Carmel à 6 heures·du matin, nous fîmes la grande halte et le déjeuner environ à mi-chemin, sur une colline pierreuse plantée de chênes verts. L'ombre de ces arbres nous parut très agréable. L'administration du pèlerinage avait fait apporter à dos de mulets tout l'attirail nécessaire et les vivres, même l'eau à boire, car cet endroit en manque absolument. C'est d'ailleurs une précaution qu'on prend presque toujours en Palestine, parce que même lorsqu'on rencontre une fontaine, on n'est pas sûr de pouvoir y boire, certaines sources étant de mauvaise qualité, d'autres ayant été salies par les animaux. Le déjeuner pris, nous remontâmes à cheval. Après avoir quitté la plaine nous entrâmes dans un massif de petites montagnes entièrement dénudées. Ni arbres, ni culture d'aucune sorte. On ne voit que la pierre à nu ou des plantes épineuses, des broussailles qui poussent à l'état sauvage. C'est un peu le caractère général de toutes les montagnes de la Terre-Sainte. Elles manquent d'arbres et par suite elles vont sans doute se dénudant de plus en plus, parce que les pluies torrentielles entraînent le peu de terre végétale qui y reste.

V

Nazareth. — Les pèlerins anglais. — Le Frère Liévin. — Excursion au Thabor. — Vue magnifique. — Arrivée à Tibériade. — Le lac. — Forte chaleur. — Départ.

Vers 6 heures du soir, nous arrivâmes à Nazareth. On sait que son nom veut dire *ville des fleurs*. Joli nom parfaitement justifié, puisque Jésus, Marie, Joseph, fleurs incomparables de sainteté, l'ont embaumée du parfum de toutes les vertus. La ville, qui compte de six à huit mille habitants dit-on, est assez bien bâtie. Les maisons s'étagent les unes au-dessus des autres sur le flanc d'une colline qui fait partie de tout un massif montagneux. Celle de la sainte Famille se trouvait presque en bas de la colline. Personne n'ignore qu'elle a été portée par les Anges à Lorette, en Italie. Cependant on vénère dans la basilique actuelle de Nazareth non seulement la place qu'elle occupait, mais aussi la partie de la sainte maison qui pénétrait dans le rocher. La tradition dit même que la sainte Vierge se trouvait dans cette pièce souterraine, dont elle faisait peut-être son petit oratoire, quand l'ange Gabriel lui annonça le mystère de l'Incarnation. C'est là qu'a été dit le premier *Ave Maria*. Avec quelle émotion on se plaît à le redire et à baiser cette terre véritablenent sacrée.

La grande et belle église qui la recouvre appartient aux Révérends Pères Franciscains, dont le couvent fait corps en quelque sorte avec l'église. Après une courte visite au pieux sanctuaire, nous allâmes prendre gîte sous nos tentes, car nous commencions à vivre sous la tente, en vrais pèlerins. Notre camp touchait celui des catholiques anglais qui nous avaient précédés. Les deux états-majors firent presque aussitôt échange de visites et de politesse, comme il se pratique entre gens bien élevés : mais il paraît que Messieurs les Anglais, quoique moins nombreux — ils n'étaient que 70 — avaient de plus grands personnages que nous: un archevêque, un évêque, lord Norfolk. Voire même que Mgr l'archevêque venait de se casser le bras dans une chute de cheval. — Monseigneur, avait dit le frère Liévin, vous en avez pour trois mois avant d'être parfaitement guéri. Et comme tout le monde se récriait, le vénérable blessé tout le premier, le bon frère ajouta : Mettons, si vous voulez, pour trois lunes. — On n'est pas plus conciliant !...

Le frère Liévin, de l'ordre des Franciscains, est le grand guide des pèlerins en Palestine. Son ouvrage en trois volumes, sur la Terre-Sainte, est un des plus utiles à consulter, mais il vaut peut-être encore mieux entendre le bon Frère à chaque endroit un peu remarquable, faire l'histoire du lieu, avec les détails les plus circonstanciés et une sûreté de mémoire qui étonne.

Nous passâmes le vendredi 2 mai, à Nazareth, à satisfaire notre dévotion par la visite de divers lieux auxquels le souvenir de la Sainte Famille se rattache. Nous mangions et couchions sous la tente. La tente passe encore comme salle à manger, mais elle fait un pauvre dortoir, au moins dans les pays chauds, surtout dans les pays chauds qui ont des nuits froides, ainsi qu'il arrive souvent en Palestine. Le lendemain samedi, le groupe de Samarie, le groupe de Tibériade, même une grande partie de Nazareth s'acheminèrent à cheval vers la montagne du Thabor. La distance n'est pas considérable, mais les chemins sont détestables. Ce ne sont que des sentiers pierreux, à l'usage des cavaliers et des piétons; jamais voiture n'y a roulé. La montée du Thabor est surtout difficile, encore moins difficile pourtant que la descente pour ceux qui sont à cheval. Nous arrivâmes vers 10 heures au sommet de la sainte montagne, si célèbre par la transfiguration de Notre-Seigneur. On y dit quelques messes en plein air dans les ruines d'une ancienne église bâtie au temps des Croisades. Il n'y a plus aujourd'hui qu'un petit couvent de Franciscains. où nous déjeunâmes. Du haut de la montagne, on jouit d'une vue magnifique sur la majeure partie de la Galilée, jusqu'au grand Hermon, couvert de neige, qui ferme l'horizon au nord ; à l'ouest on voit la Méditerranée. Par une échancrure entre deux collines, on aperçoit également le lac de Génésareth ou de Tibériade, quoique celui-ci soit comme dans le fond d'un entonnoir à cause des montagnes qui l'entourent. Nous devions coucher sur ses bords à Tibériade, et bien que du haut de la montagne la distance parut faible, il nous restait une forte étape pour le soir. Nous descendîmes donc du Thabor, en plein midi, par une chaleur intense, et bientôt notre caravane, groupée sous ses divers guidons, se déroulait dans la plaine en une file de chevaux marchant d'un pas uniforme. Plus nous avancions, plus la plaine ondulée s'allongeait devant nous. Enfin, vers le coucher du soleil, elle prit fin sur le bord d'une dépression brusque et profonde, au fond de laquelle nous vîmes le lac et sur la rive la petite ville de Tibériade. La descente se fit aussitôt par un sentier rocailleux et très rapide où les chevaux pouvaient à peine se tenir. Nous devions faire une entrée solennelle, à cheval, drapeau en tête. A cause de l'heure avancée et aussi de la fatigue générale, il fallut y renoncer. Nos tentes étaient dressées à la porte de la ville ; chacun gagna la sienne, et s'empressa, après un frugal dîner, de chercher à réparer ses forces par le repos, sinon par le sommeil qui malheureusement n'est pas à nos ordres.

Tibériade, bâtie par Hérode Antipas en l'honneur de l'empereur romain Tibère, est une toute petite ville, presqu'entièrement juive. On n'y compte qu'une quinzaine de catholiques latins groupés autour d'une église desservie par les Pères Franciscains. Tout parle là de Notre-Seigneur et des Apôtres, pauvres pêcheurs de profession. Combien de fois le Fils de Dieu n'a-t-il pas navigué sur ce modeste lac ! Il rappelle la vocation des Apôtres, la pêche miraculeuse, la tempête apaisée, Jésus marchant sur l'eau, etc.

— Tous ces souvenirs sont touchants pour la piété, mais j'avoue à ma confusion qu'ils m'impressionnèrent faiblement ce jour-là, à cause de la chaleur. C'était le dimanche 4 mai. Après une mauvaise nuit, j'avais pu dire la sainte messe à 5 heures. Le soleil montait rouge et déjà ardent de l'autre côté du lac, sur les montagnes de Galaad. Pas la moindre fraîcheur, pas la plus petite brise, un air lourd et épais. Je m'éloignai de la ville en longeant le rivage, et pus, à quelque distance, prendre un bain. L'eau était délicieuse comme température, bonne aussi à boire, car elle n'est point salée. Ce que l'Evangile appelle souvent la mer de Galilée, n'est point une mer proprement dite, mais un véritable lac formé par le Jourdain, surtout lorsque le fleuve est grossi par la fonte des neiges de l'Hermon et des autres montagnes au pied desquelles il prend naissance. On dit d'ailleurs que la surface du lac est inférieure de 600 pieds à celle de la Méditerranée. Il a environ 8 lieues de long sur 3 ou 4 de large, dans sa plus grande largeur. Le Jourdain y entre au nord, et en sort au midi pour aller de là se perdre dans la mer Morte. De Tibériade, qui est sur la rive occidentale, on ne voit ni l'entrée du fleuve ni sa sortie, mais seulement toute une ceinture de montagnes généralement arides et désolées qui entourent la nappe d'eau.

Quand je rentrai au camp vers 10 heures, les tentes étaient déjà inhabitables, tant l'air y était embrasé, et pourtant la chaleur ne cessa de croître jusqu'à l'après-midi. J'ai entendu dire, sans avoir été à même de contrôler cette affirmation, que le thermomètre était monté en plein soleil à 55 degrés, à 34 degrés à l'ombre et que l'eau du lac elle-même, qui le matin paraissait fraîche, était le soir à 22 degrés. J'avoue que j'ai rarement autant souffert de la chaleur. On se sentait mourir de soif et d'abattement. Un certain nombre de pèlerins voulurent cependant traverser le lac sous ce soleil de feu pour aller visiter sur la rive nord les ruines plus ou moins visibles de Capharnaum, de Betsaïde, patrie de saint Pierre, de Magdala. J'admirai leur courage, mais ne songeai point à les imiter.

La nuit vint sans apporter de fraîcheur : aussi aspirions-nous tous à sortir le plus tôt possible de cette fournaise. C'est ce que nous fîmes le lendemain 5 mai, un peu tard malheureusement, car il était près de 7 heures quand nous gravîmes la pente en nous dirigeant vers Nazareth par le mont des Béatitudes et Cana, et le soleil déjà fort nous perçait de ses rayons. Nos frères les Anglais, plus avisés que nous ou moins empêtrés par le nombre, étaient partis à 4 heures du matin. Je les avais vus défiler silencieusement près de notre camp. Une fois sortis de la vallée profonde où se trouve Tibériade, nous eûmes un peu d'air, mais quel air ! La brise nous arrivait en ligne directe de l'Arabie après avoir effleuré des sables brûlants ; elle était brûlante elle-même, et malgré cela, c'était déjà une satisfaction de sentir un mouvement de l'air au lieu de l'atmosphère de plomb qui nous avait accablés la veille. Il paraît, du reste, que cette température saharienne était tout à fait extraordinaire, même pour les gens du pays.

VI

Retour à Nazareth. — Le mont des Béatitudes. — Cana. — Retour à Caïffa. — Débarquement à Jaffa. — Arrivée à Jérusalem. — Le Saint-Sépulcre. — Installation des pèlerins. — La ville, ses rues, ses maisons, ses habitants. — Les Révérends Pères Franciscains. — Les Sœurs de Saint-Vincent de Paul.

Nous traversions de nouveau la plaine qui nous avait conduits deux jours auparavant du Thabor à Tibériade, mais pas tout à fait dans le même sens. Nous l'avions prise un peu plus au nord, afin de passer au pied de l'éminence sur laquelle Notre-Seigneur fit le discours connu dans l'Évangile sous le nom de *Discours sur la montagne*. On l'appelle le *mont des Béatitudes,* parce que ce fut là que Jésus proclama bienheureux *Beati* ceux qui ont l'esprit de pauvreté, ceux qui sont doux, ceux qui souffrent persécution pour la justice, ceux qui ont le cœur pur, etc.

En arrivant au pied de cette colline, le R. P. Bailly ayant dit qu'on s'y arrêterait quelques instants, je descendis de cheval, afin d'aller respirer un peu à l'ombre d'un rocher, car depuis le départ de Tibériade nous n'avions pas été une seule minute à l'abri du soleil. Toutes ces plaines sont absolument dépourvues d'arbres. Quelques morceaux de terre ensemencés d'orge ou de froment, de maigres pâturages ou des terrains pierreux sans aucune végétation, voilà tout ce qu'on y voit. J'étais donc descendu de cheval : il fallut naturellement remonter quand on donna le signal du départ. Là se produisit un petit incident personnel — je n'ose pas dire un accident — qui gravera à jamais dans ma mémoire le souvenir du Mont des Béatitudes. Que mes lecteurs me permettent de le relater ici. J'avais un petit cheval gris, vigoureux, mais assez mauvais coucheur. Par ses ruades et en mordant les autres chevaux, il m'avait déjà attiré à plusieurs reprises de la part de mes compagnons de route, des reproches bien immérités, car ce n'était pas moi qui ruais, ni qui mordais. Je ne conseillais même pas ces mauvaises actions à ma monture. Tout au contraire, je l'exhortais sans cesse au calme et à la douceur. Hélas ! ce n'est pas d'aujourd'hui que l'innocent est accusé pour le coupable.

Dans la circonstance présente, quand je voulus me remettre en selle, je le fis sans doute un peu lourdement comme le peut faire un homme de cinquante ans qui n'a nullement l'habitude du cheval. Au moment où debout sur l'étrier, j'allais doubler le cap, c'est-à-dire jeter la jambe de l'autre côté, l'animal qui n'était pas sans s'être aperçu qu'il avait affaire à un cavalier novice, se déroba, et perdant l'équilibre, je m'étendis tout de mon long sur l'herbe heureusement très abondante en cet endroit. Cependant tout en tombant, j'avais embrassé le cou de mon cheval, plus par instinct de conservation que par tendresse, j'imagine. Cette manœuvre habile, quoique irréfléchie, amortit le coup et fit que je n'eus aucun mal. Plusieurs personnes accoururent charitablement en me demandant si je n'étais point blessé. Je répondis que non, et pour preuve, je me remis cette fois bel et bien à califourchon sur ma bête qui reprit sa place à la file. En arrivant à Cana, j'étais tellement fatigué par la chaleur et les trois journées passées à cheval, que je renonçai aussitôt au voyage par la Samarie. Je dis même complètement adieu à mon cheval gris que je n'ai plus revu. Comme il existe une route de Cana à Nazareth, la faible distance qu'il y a de la première à la seconde de ces deux localités fut parcourue en voiture. On sait quels souvenirs évangéliques s'attachent au petit bourg de Cana. Ce fut là que Notre-Seigneur opéra son premier miracle public, en changeant l'eau en vin, dans un repas de noce auquel il assistait. Nous y trouvâmes, nous, quelques rafraîchissements qui furent les bienvenus après ce que nous avions souffert.

Le jour suivant, à Nazareth, le pèlerinage se divisa en deux bandes, l'une retournant à Caïffa, afin de gagner Jaffa par mer, et de là Jérusalem, l'autre prenant à cheval le chemin de la Ville Sainte par la Samarie. Cette dernière était la troupe des forts, des vaillants. Je faisais partie de la première, M. le curé de Saint-Pierre également. Nous retournâmes donc à Caïffa en voiture, dans de bien mauvaises voitures — il n'y en a pas de bonnes en Palestine. — *Le Poitou* nous y reçut et nous porta dans la nuit à Jaffa. Le débarquement effectué, nous déjeunâmes à l'hôpital français. Il nous restait encore seize lieues pour atteindre Jérusalem. Ce n'était plus qu'une étape, mais une rude étape. Nous la fîmes en voiture, avec beaucoup de fatigue, en quittant Jaffa vers 3 heures du soir et en roulant toute la nuit du 7 au 8 mai, après nous être arrêtés à Ramleh, l'ancienne Arimathie, le temps de faire manger les chevaux et de souper nous-mêmes.

Enfin voici Jérusalem ! voici ces murailles dans l'enceinte desquelles la rédemption du monde s'est accomplie ! ... Nous allons bien vite au Saint-Sépulcre. A une première visite, il est difficile d'y prier : saisi d'étonnement, envahi par une indicible émotion, on pleure... Voici donc, ô mon Sauveur, la terre véritablement arrosée de votre sang ! voilà où la croix était dressée ! Là se tenait Marie, la divine Mère, abîmée dans sa douleur. Voilà le sépulcre d'où Jésus vainqueur de la mort, cette impitoyable ennemie de l'humanité, sortit glorieusement ressuscité. L'aspect des lieux a changé depuis tant de siècles, mais la terre n'a pas disparu, le Calvaire est là. Je foule aux pieds la terre, les pierres arrosées du sang de mon Dieu, répandu pour moi. Sous le coup de ces pensées on n'est plus maître de soi, on se prosterne en mouillant le pavé de ses larmes. Mais quelles douces larmes ! Quelle immense consolation ! N'aurait-on que celle-là dans le pèlerinage de Jérusalem qu'elle dédommagerait amplement des souffrances et des sacrifices qu'il impose.

Cette première visite fut courte, parce qu'il devait nous être permis de la renouveler souvent, durant les dix-huit jours que nous avions à passer dans la Ville Sainte. Il fallait d'ailleurs s'installer. Aucun local n'étant assez grand pour nous recevoir tous, les pèlerins durent se partager entre divers logements. Les uns eurent leur chambre à Notre-Dame de France, c'est-à-dire dans le vaste établissement que les Pères de l'Assomption font construire en vue de le faire servir, quand il sera achevé, à héberger tous les pèlerins français. Une autre portion du pèlerinage descendit à *Casa Nova*, l'hospice des Révérends Pères Franciscains ; quand je dis *hospice*, j'entends ce mot dans son ancienne acception de maison où on donne l'hospitalité. Ces bons Pères la donnent en effet très cordialement dans cet établissement disposé tout exprès, et qui peut recevoir près de cent personnes dames ou messieurs. Nous y fûmes placés M. le curé de Saint-Pierre et moi, dans une chambre à deux lits. Notre appartement, quoique restreint, pouvait suffire à tous les besoins d'une résidence de quinze jours. On aurait pu souhaiter des lits un peu plus larges et un peu moins... fermes, mais, après tout, on ne vient pas de huit cents lieues à Jérusalem pour y chercher les commodités de la vie. D'autres pèlerins furent dispersés par groupes moins nombreux dans un hôtel de la ville et dans diverses communautés.

Les moments libres de cette première journée furent employés à prendre une idée sommaire de la ville. Elle n'est pas très grande, quoique peuplée, dit-on, de soixante mille habitants. On la partage d'une manière générale en quatre quartiers : le quartier chrétien, le juif, l'arménien, le musulman. De hautes murailles, qui semblent remonter en partie au temps des croisades, l'environnent. Avec les moyens dont l'artillerie moderne dispose, ces murailles n'arrêteraient pas une armée durant vingt-quatre heures. Elles donnent néanmoins à la ville un aspect imposant et la circonscrivent étroitement. Presque toutes les maisons, à commencer par *Casa Nova*, sont terminées en terrasses où l'on peut le soir respirer le frais. Ces terrasses sont dallées, comme les salles d'un rez-de-chaussée en France, et soutenues, non par un solivage et un plafond, mais par de bonnes voûtes en pierre. En Orient, le soleil est l'ennemi commun ; on s'en préserve par ces voûtes, plus coûteuses sans doute, mais aussi plus solides que nos minces et fragiles plafonds. D'autre part, ce pays-là manquant d'eau, il faut recueillir avec grand soin celle qui tombe du ciel ; c'est à quoi servent les terrasses et des citernes cimentées, où les eaux de pluie sont amenées et conservées pour les divers besoins du ménage.

L'intérieur de la ville est sillonné par un nombre restreint de rues étroites, tortueuses, malpropres, généralement mal pavées, dont les principales aboutissent aux six portes des remparts. Aucune d'elles n'est carrossable, au moins dans son ensemble. Je n'ai vu d'ailleurs aucune voiture ni charette dans l'enceinte des fortifications, mais des chameaux, des chevaux, des ânes et de nombreux piétons, les uns marchant pieds nus, d'autres chaussés de babouches grossières ou plus soignées, suivant la pauvreté ou l'aisance de celui qui les porte. Le costume se rapproche beaucoup de celui que nous avions déjà vu en Égypte. En général, il est sale et négligé. L'usage européen de se laver les mains et le visage paraît inconnu parmi le peuple. On voit pourtant quelques personnes bien vêtues, je veux dire proprement et avec une certaine élégance, par exemple, de beaux jeunes gens syriens qui portent une sorte de pantalon flottant, avec une veste brodée, et comme coiffure, le bonnet de feutre teint en rouge amaranthe dont le gland de soie noir retombe gracieusement sur le cou. Les enfants manquent assez généralement de grâce, mais ils paraissent intelligents, plus avisés même, à âge égal, que ceux de France. Ainsi, j'ai remarqué dans la rue un petit garçon qui n'avait certainement pas cinq ans et qui conduisait un âne au milieu d'un encombrement indescriptible, avec tout le sérieux d'un homme. Il est vrai que l'âne pouvait avoir assez d'expérience pour se tirer d'affaire tout seul, sans être obligé de se reposer sur son conducteur en herbe. Les femmes du peuple endimanchées s'enveloppent volontiers d'une espèce de grand manteau de calicot blanc qui les habillent des pieds à la tête. Cela n'est pas vilain.

Jérusalem est par excellence une ville cosmopolite, où toutes les races, tous les peuples les plus divers semblent se donner rendez-vous. Arabes, Grecs, Juifs, Turcs, Arméniens, Russes, Français, Anglais, Italiens, Allemands, Autrichiens, s'y coudoient dans les rues. Au milieu de cette confusion, on remarque néanmoins assez facilement le type juif : visage pâle, un peu allongé, l'œil froid, l'air sérieux presque triste, quelque chose dans tout l'ensemble

qui n'est guère attrayant. La langue usuelle est l'arabe.
L'italien et le français paraissent répandus dans le com-
merce et les communautés. Je crois que notre langue, en
particulier, gagnera de plus en plus, grâce à nos communautés françaises, toutes admirables d'entrain et de
dévouement. Le nombre s'en est beaucoup accru en ces
derniers temps. Depuis des siècles, il n'y avait guère à
Jérusalem, en fait de religieux, que les Pères Franciscains,
qui avec une persévérance et une piété qu'on ne saurait
trop louer, ont été les fidèles gardiens des Saints-Lieux,
au prix de souffrances et d'avanies sans nombre. Il y a eu
des martyrs. C'est grâce à leur énergie sans défaillance
que les catholiques latins possèdent encore aujourd'hui
leurs entrées au Saint-Sépulcre, à la grotte de Bethléem et
à d'autres sanctuaires vénérés. En effet, nous avons là de
nombreux et redoutables concurrents, qui cherchent par
toutes sortes de moyens à nous chasser des Lieux-Saints.
Ce sont d'abord les Russes et les Grecs schismatiques,
soutenus par toute la puissance moscovite. Viennent
ensuite les Arméniens, puis les protestants, nouveaux
prédicants pleins d'ardeur, puis les musulmans dont le
fanatisme a déjà fait tant de ruines dans les siècles passés.
Honneur donc et reconnaissance aux dignes fils de saint
François, qui ont défendu pied à pied l'héritage catholique.

Ils étaient seuls, ils ne le sont plus aujourd'hui, car,
comme je l'ai dit, il s'est fondé, en ces derniers temps,
un assez grand nombre de communautés françaises, qui
toutes, viennent combattre le bon combat, quoique chacune
d'une manière différente et conforme à sa vocation parti-
culière. Sur le Mont des Oliviers, un magnifique couvent
de Carmélites, venues de Carpentras, garde le lieu, où,
selon la tradition, Notre-Seigneur enseigna le *Pater* à ses
Apôtres. Au nord-ouest de la ville, les Pères Dominicains
ont bâti une maison sur l'emplacement présumé du martyre de saint Étienne. Un peu plus en campagne, au sud-

ouest, le P. de Ratisbonne, de mémoire vénérée, a fondé l'orphelinat agricole de Saint-Pierre, qui est déjà un grand établissement. Dans l'intérieur des murs, tout près du patriarchat latin, les Frères des Écoles chrétiennes ont une maison qui compte des centaines d'élèves. Je parlerai plus loin des Pères Blancs de Sainte-Anne. Citons encore l'hôpital français de Saint-Louis, dû à la générosité du comte de Piellat et confié aux Sœurs de Saint-Joseph de l'Apparition ; les Sœurs de Sion qui ont pensionnat et orphelinat à l'*Ecce homo ;* les Sœurs Clarisses, les Sœurs Réparatrices, les unes et les autres saintes victimes de la pénitence.

J'ai gardé pour la fin les Sœurs de la Charité de Saint-Vincent de Paul, qui, elles aussi, sont venues au tombeau de Jésus-Christ, avec l'espoir de ne le plus quitter. Il paraît que la fondation de leur établissement a éprouvé de grandes difficultés. On le comprend. En France — on peut dire dans tous les pays civilisés — la blanche cornette des Filles de Saint-Vincent est environnée de tant de respect qu'elle peut passer partout. Mais à Jérusalem, au milieu des Juifs et des Musulmans haineux du nom chrétien, comment pourraient-elles visiter les malades à domicile, je ne dis pas seulement avec facilité, mais sans danger. — Monseigneur, dit la supérieure au vénérable patriarche de Jérusalem, Mgr Bracco, laissez-moi faire : accompagnée, d'une autre sœur qui parle l'arabe, je vais faire la visite générale de toute la ville. S'il y avait quelque chose à craindre, je serais la première à vous en donner connaissance. Nous sommes allées partout, disait-elle ensuite, jusque dans les derniers bouges, où gens et animaux habitent pêle mêle, partout nous avons trouvé bon accueil. Les Juifs et les musulmans s'étonnaient seulement que nous voulussions leur rendre service. Souvent on riait de notre costume si étranger aux usages de l'Orient ; alors nous riions nous-mêmes pour mettre le monde à l'aise.

Aujourd'hui la position est conquise. Les bonnes sœurs,

au nombre de huit, ne peuvent suffire à soulager toutes les misères qui recourent à leur charité. Elles soignent les lépreux, visitent les malades à domicile, donnent des remèdes aux pauvres, recueillent les petits enfants abandonnés, les vieillards, les malades incurables, tout cela avec ce joyeux entrain, cet air gracieux, simple et franc que l'amour de Dieu et une véritable piété peuvent seuls donner. J'ai entendu raconter, sans savoir si le fait est authentique, qu'une société protestante demanda un jour au supérieur général des Lazaristes communication de la Règle des Sœurs de la Charité, dans le but sans doute d'essayer une contrefaçon. On s'extasiait beaucoup sur la sagesse pratique de tel et tel point. — Eh bien, messieurs, dit le vénérable Supérieur, appliquez tout cela, vous aurez peut-être une belle locomotive, mais il vous manquera encore la vapeur !... — Eh oui, la vapeur, la sainte Église catholique seule la donne par les sacrements de Pénitence et d'Eucharistie souvent et dignement reçus. Cela dit, revenons aux pèlerins.

VII

Arrivée des pèlerins de la Samarie. — Visite solennelle du Saint-Sépulcre. — Quelques détails sur le Saint-Sépulcre et le Calvaire. — Le Cénacle. — L'église patriarchale. — L'église Sainte-Anne et les Pères Blancs. — M. le consul général de France.

Les *Samaritains* — ceux qui venaient par la Samarie — arrivèrent à Jérusalem le vendredi 9 mai, dans la soirée, après une chevauchée de trois jours. Ils étaient bronzés, fatigués, et pourtant, à peine descendus de cheval, ils se joignirent aux autres pèlerins pour la grande et solennelle visite au Saint-Sépulcre, que nous devions faire tous ensemble. Elle s'effectua de la manière la plus édifiante.

Les dames sur deux rangs marchaient en tête, précédées des cavas du consulat de France ; les messieurs laïques venaient ensuite, puis les prêtres, tout le monde chantant des cantiques, avec autant d'ardeur que d'émotion. Partis de Notre-Dame de France, nous avons contourné les fortifications, afin d'entrer par la porte de Jaffa, qui est la plus fréquentée de toutes les portes de la ville. De là, nous nous sommes dirigés par les principales rues, remplies d'une foule respectueuse, vers l'église du Saint-Sépulcre, où le Rév. Père Ambroise, franciscain français, actuellement vicaire du Révérendissime P. Custode, nous adressa dans un langage touchant, une allocution de bienvenue.

Ce serait peut-être ici le lieu de décrire le Saint-Sépulcre, mais cela m'entraînerait trop loin. Je me contenterai de dire que le saint tombeau occupe l'intérieur d'une sorte de petite chapelle construite au commencement de ce siècle, et qui se trouve elle-même au milieu d'une rotonde, couronnée à une grande hauteur d'une magnifique coupole. A cette rotonde communiquent plusieurs édifices très différents et très irréguliers, parce qu'ils ont été bâtis à des époques diverses, et qu'il n'a pas été possible jusqu'ici de les remplacer par un monument d'ensemble, plus digne par ses proportions et sa décoration de la sainteté du lieu. On sait, en effet, que les catholiques ne jouissent pas seuls du tombeau de Notre-Seigneur ni du Calvaire. Il est même exact de dire que les Grecs schismatiques et les Russes en sont plus maîtres qu'eux ; et Dieu sait avec quel soin jaloux ces dissidents conservent, je ne dirai pas leurs droits, mais leurs usurpations accumulées progressivement par suite du malheur des temps, grâce aussi à l'insouciance des gouvernements catholiques. Sans les Pères Franciscains, comme je l'ai déjà fait remarquer, il y a beau jour qu'un catholique ne pourrait plus mettre le pied en ce lieu le plus vénérable de la terre. On dit la messe sur la table de marbre blanc qui recouvre le saint sépulcre, mais c'est une faveur que tous les prêtres ne peuvent obtenir, parce que les Grecs l'occupent la plus grande partie du temps. J'ai eu le bonheur d'y célébrer le 12 mai.

Trois autels on été érigés au Calvaire, un autre à l'endroit où Notre-Seigneur ressuscité se montra à sainte Marie Madeleine, trois autres dans la chapelle qui recouvre le lieu de la première apparition de Jésus-Christ à sa divine Mère, également après la résurrection. Ces quatre derniers autels sont à l'usage des catholiques seuls, mais au Calvaire les Grecs sont les maîtres à certaines heures et en certains jours. A propos du Calvaire, je signalerai l'erreur dans laquelle on tombe, en s'imaginant, comme on le fait souvent, d'après certains tableaux religieux, que c'était une haute montagne, sur le sommet de laquelle avait été dressée la Croix. L'Évangile ne dit pourtant rien de semblable, puisque les quatre évangélistes se contentent d'appeler cet endroit le lieu du Calvaire *Calvariæ locus*. Aucun d'eux, si je ne me trompe, ne parle de montagne. De fait, ce n'était pas une montagne, mais une simple éminence, un mamelon détaché, sur le flanc d'une colline beaucoup plus élevée, sur laquelle actuellement le quartier chrétien de Jérusalem est bâti. C'est pourquoi, en allant de *Casa-Nova* au Saint-Sépulcre, on descend tout le temps ; mais une fois là, il faut remonter la hauteur d'environ quatre ou cinq mètres pour atteindre la chapelle du Calvaire, c'est-à-dire le lieu du crucifiement. Aussi cette chapelle forme-t-elle comme une tribune par rapport aux autres bâtiments dont se compose ce qu'on appelle la basilique du Saint-Sépulcre. Avant d'avoir vu de mes yeux, j'avais moi-même plusieurs idées erronées qui m'empêchaient de bien comprendre certains détails de la Passion, tandis que maintenant tout s'explique. D'où je conclus que le voyage en Terre-Sainte, n'est pas seulement édifiant, mais encore instructif, très instructif, surtout pour le prêtre, auquel il apporte plus de lumière sur l'Évangile que les plus longs commentaires. Il y a donc à le faire profit et consolation, quoique le bonheur l'emporte sur l'utilité. Ah ! que ces lieux sont véritablement saints ! Mais qu'il est triste, pour nous catholiques, de nous y trouver pêle-mêle avec tous les hérétiques orientaux, et aussi maintenant avec toutes les sectes protestantes qui sont venues s'implanter en Palestine.

Il y a pourtant quelque chose de plus affligeant encore, c'est de voir le Cénacle transformé en mosquée musulmane. Nous avons pu le visiter, à prix d'argent, le jour de la Pentecôte, mais avec défense d'y faire aucune prière publique. C'est là, sur le mont Sion, que Notre-Seigneur a institué l'Eucharistie le jeudi-saint, après avoir mangé la Pâque ; là qu'il s'entretint si affectueusement avec ses disciples ; là que les Apôtres se retirèrent après l'Ascension, pour se préparer par la prière à la venue du Saint-Esprit ; là enfin que cet Esprit d'amour descendit sur eux le matin de la Pentecôte. Nous ne pûmes que baiser cette terre qui a été témoin de tant de mystères, et réciter à mi-voix, avec la plus profonde émotion le *Tantum ergo* et le *Veni Creator*. Le lieu de l'Ascension est lui aussi recouvert d'une mosquée, et d'une bien pauvre mosquée, mais moyennant finance, on y entre quand on veut. On peut même y dresser un autel portatif et y dire la messe.

L'arrivée des *Samaritains* ayant mis le pèlerinage au complet, nous commençâmes dès le lendemain, c'est-à-dire le samedi 10 mai, nos stations aux divers sanctuaires de la ville. Naturellement le Saint-Sépulcre avait eu la première et fut toujours le lieu préféré par la piété des pèlerins. Le dimanche 11, nous eûmes les offices publics, grand'messe et vêpres, dans l'église patriarchale, en d'autres termes, à la cathédrale de Jérusalem. Cette église très inférieure en grandeur et en beauté à la plupart de nos cathédrales de France, est de date récente, parce qu'elle a été bâtie, après que Pie IX eut rétabli le patriarchat latin de Jérusalem, vers 1850, je crois. Mgr Piavi, le patriarche actuel, a été absent tout le temps que nous avons passé dans la ville sainte. On a dit qu'il était en tournée pastorale. Il est italien et appartient à l'ordre de Saint-François. Son diocèse est très étendu, mais les diocésains sont peu nombreux, les prêtres pareillement. La plupart de ces derniers travaillent aux missions qui ont été fondées sur divers points de la Syrie ; missions si pauvres, paraît-il, qu'elles ne vivent que par les aumônes de la Propagation de la Foi.

Le lendemain, nous étions à l'église française de Sainte-Anne, qui a toute une histoire. Bâtie aux premiers siècles du christianisme sur l'emplacement de la maison de saint Joachim et de sainte Anne, père et mère de la très sainte Vierge, elle fut ruinée, comme toutes les autres églises de Jérusalem, par les Perses ou les musulmans au VIIe siècle. Au temps des Croisés, elle fut reconstruite et quand leur empire tomba, on la convertit en mosquée. Elle le serait encore vraisemblablement, sans un M. Barrère, homme de mérite et grand chrétien, qui était consul de France à Jérusalem, sous Napoléon III. Après la prise de Sébastopol, il suggéra au gouvernement français de demander cette église au Sultan. Celui-ci ne put pas la refuser, étant donnés les services qu'il avait reçus de la France, dans cette guerre de Crimée. Il la concéda donc. Depuis lors le gouvernement l'a très bien fait restaurer, en conservant tout ce qu'il a été possible de garder de l'ancien monument. Aujourd'hui c'est une belle église à trois nefs, sous laquelle se trouve, d'après la tradition, la chambre même de sainte Anne transformée en chapelle. C'est le sanctuaire de l'Immaculée-Conception et de la Nativité de la très sainte Vierge. On comprend dès lors combien il est vénérable aux yeux des véritables chrétiens. Il a été confié aux religieux fondés par Son Éminence le cardinal Lavigerie et connus sous le nom de Pères Blancs, parce qu'ils sont habillés de blanc, comme les Dominicains.

La garde et le service de l'église ne sont pour eux qu'un accessoire, car ils dirigent en même temps un petit et un grand Séminaires destinés à former des prêtres catholiques du rit Grec. C'est une grande et belle œuvre, digne de secours et des plus vives sympathies. Elle paraît appelée à faire un grand bien, parce que les schismatiques Grecs seront ramenés plus facilement au giron de l'Église, quand on leur offrira des prêtres catholiques qui pratiqueront, dans la célébration de la messe et dans la collation des sacrements, les cérémonies qu'ils connaissent et auxquelles ils se montrent si fortement attachés. Les Pères n'ont fait que semer jusqu'à ce jour, mais ils touchent à l'ouverture de la moisson.

Monsieur le Consul général de France assistait à notre messe dans l'église de Sainte-Anne. Ce fut lui qui, après la messe, nous fit, à titre de successeur et d'ami de M. Barrère, l'historique du sanctuaire. Nous devions retrouver M. le Consul plusieurs fois les jours suivants. Il fut toujours plein de bienveillance et d'affabilité pour nous. En nous retraçant, dans un beau langage, les éminentes qualités de M. Barrère, il semblait nous faire, sans le vouloir, son propre portrait ; car lui aussi est chrétien et dévoué protecteur de tous nos établissements français en Orient. Pour ne plus revenir sur l'église de Sainte-Anne, j'ajouterai qu'on voit non loin d'elle, et dans la propriété des Pères, la piscine probatique, dont il est parlé dans l'Évangile. Tout cela est en plein quartier musulman, près de la porte de ville qui regarde le mont des Oliviers.

VIII

Gethsémani. — Grotte de l'Agonie. — L'Olivier. — La vallée de Josaphat. — Les tombeaux. — La température à Jérusalem. — Fête de l'Ascension sur le mont des Oliviers. — Couvent du *Pater*.

C'est au bas de la montagne des Oliviers que la Passion de Notre Seigneur Jésus-Christ commença par sa cruelle agonie et la trahison de Judas. Le mercredi 14 mai, la messe du pèlerinage eut lieu à la grotte de l'Agonie. Au temps du Sauveur, c'était une caverne naturelle, comme il s'en trouve un certain nombre, dans ce pays montagneux. Elle est proche du jardin de Gethsémani, plus connue sous le nom de jardin des Oliviers, parce qu'il y avait plusieurs oliviers. C'est, d'ailleurs, l'arbre qu'on rencontre le plus souvent dans la campagne autour de Jérusalem. On n'en voit même guère d'autres à part quelques figuiers. L'hôpital français de Saint-Louis, près de Notre-Dame de France, possède cependant un magnifique térébinthe, qu'on appelle l'arbre de Godefroy de Bouillon, parce qu'on prétend qu'il abritait la tente de ce héros, durant le siège de Jérusalem. Je crois avoir aussi aperçu çà et là quelques résineux mais ce sont des exceptions. L'arbre du pays, c'est l'olivier. Il y pousse avec vigueur sans jamais s'élever à plus de cinq ou six mètres. En revanche, il devient parfois très gros, et dure surtout longtemps, c'est-à-dire plusieurs siècles ; aussi dit-on sans invraisemblance que les huit qu'on voit encore dans le jardin de Gethsémani, sont les rejetons de ceux au pied desquels Notre Seigneur a prié. C'est là que le soir du Jeudi-Saint, Jésus voyant approcher l'heure de sa Passion, dit à ses Apôtres : Mon âme est triste jusqu'à la mort. Puis, ne trouvant pas près d'eux les consolations dont son divin cœur avait besoin, il les quitta, et s'avançant un peu plus loin il entra dans la grotte. Livré à des angoisses mortelles, il disait à son Père : Mon Père, s'il est possible, faites que ce calice s'éloigne de moi ; cependant que votre volonté se fasse et non la mienne ; et une sueur de sang s'échappait de son corps sacré. Aujourd'hui la grotte, encore pauvre et nue, est convertie en chapelle. La plupart des prêtres du pèlerinage ont eu la consolation d'y dire la messe ce jour-là, ou un des jours suivants.

Après la cérémonie générale, le Frère Liévin voulut bien nous guider dans une excursion pleine d'intérêt, grâce en partie à ses obligeantes et savantes explications. Partis de Gethsémani, nous vîmes d'abord, à quelques pas de là l'église souterraine où sont les tombeaux de la sainte

Vierge, de saint Joachim, de sainte Anne, peut-être aussi de saint Joseph. Ce lieu vénérable est en la possession des Grecs schismatiques. Longeant ensuite le torrent de Cédron, ou plutôt son lit, car en cette saison il n'y a pas une goutte d'eau, nous suivîmes quelque temps la voie de la captivité, c'est-à-dire le chemin que Notre Seigneur suivit lui-même quand, après avoir été arrêté par les soldats, il fut immédiatement conduit chez Anne et chez Caïphe sur le mont Sion. Nous étions là dans la vallée de Josaphat, vallée toute remplie de tombeaux. On peut d'ailleurs dire avec vérité que Jérusalem est au milieu d'une immense nécropole. Surtout à l'extérieur des remparts, on ne voit que cimetières et tombeaux éparpillés çà et là sans aucune clôture. Ce sont comme des terrains vagues où l'on passe sans respect. Les bergers ne craignent même pas d'y conduire les animaux, pour peu qu'il y ait d'herbe à brouter. Je parle ici des cimetières juifs et musulmans, car les cimetières chrétiens, environnés de murailles, sont traités avec respect comme en Europe.

Les infidèles de la Palestine n'ont point comme nous le soin d'enfermer les morts dans un cercueil. Ils se contentent de creuser la terre à une faible profondeur, et de déposer le corps habillé ou enveloppé d'un linceul blanc. Après avoir ramené la terre, ils recouvrent généralement la place d'un petit massif de maçonnerie de vingt à vingt-cinq centimètres de haut. Assez souvent une dalle taillée, sur laquelle on a gravé une inscription, vient à son tour couvrir le tout. On voit encore fréquemment sur la tombe des Musulmans deux pierres debout comme deux petites colonnes d'environ trente centimètres de haut, dressées l'une à la tête du corps, l'autre aux pieds. Quelle signification attachent-ils à cela ? Je l'ignore.

A mesure que nous avancions dans la vallée de Josaphat, le long du Cédron, le frère Liévin nous indiquait les souvenirs bibliques qui s'attachent à chaque endroit. Il nous montra le tombeau d'Absalon le mauvais fils ; le mont du

Scandale où Salomon avait élevé des temples aux faux dieux, sur la demande de ses femmes idolâtres; la fontaine de Rogel, près de laquelle Adonias fils de David, essaya de se faire proclamer roi, en détrônant son vieux père; le village de Siloé ; le réservoir d'eau appelé dans l'Évangile les bains de Siloé : *Natatoria Siloë*, où Notre-Seigneur envoya l'aveugle-né, afin qu'il s'y lavât, avant d'obtenir une parfaite guérison. Cette grande piscine, aujourd'hui à peu près désséchée, se trouve presque à la rencontre de la vallée de Josaphat avec celle de la Géhenne, appelée aussi vallée des enfants de Hinnon, par laquelle nous remontâmes vers Jérusalem, en passant près du champ maudit de Haceldama.

La promenade avait été fatigante à cause de la distance parcourue, et plus encore à cause des sentiers raides et pierreux par lesquels nous avions dû marcher. Heureusement le ciel s'était couvert. Nous n'avons pas, du reste, beaucoup souffert de la chaleur à Jérusalem. Quoique relativement proche de la mer, puisqu'elle n'en est qu'à 65 kilomètres, cette ville est située à 840 mètres au-dessus de la Méditerranée, altitude considérable si on la compare à notre Berry, qui est beaucoup plus éloigné de l'Océan, et dont le point le plus élevé n'est pourtant qu'à environ 430 mètres au-dessus de ses eaux. Cette altitude de Jérusalem la met à l'abri des chaleurs excessives, excepté lorsque le vent d'Arabie souffle. Au mois de mai, il y fait constamment beau, mais la brise de la Méditerranée se fait souvent sentir et vient tempérer l'ardeur du soleil.

Cependant on sort peu de onze à deux heures. Il vaut mieux se reposer à ce moment là, en réservant les matinées et les soirées pour les excursions. C'est ce que nous faisions habituellement.

Le jeudi 15 était jour de l'Ascension. La station fut tout naturellement au mont des Oliviers sur lequel ce grand mystère a eu lieu. Après avoir traversé la vallée de Josaphat et le lit desséché du Cédron, on passe près du jardin de Gethsémani puis on monte par un sentier très raide. Vers le milieu de la montée se trouve l'endroit d'où Jésus-Christ, contemplant l'ingrate Jérusalem, pleura sur elle. C'est en effet de la montagne des Oliviers qu'on voit le mieux la ville dans son ensemble. Le monastère des Carmélites, dans lequel est renfermée l'église du *Pater*, se trouve tout en haut, près de la petite mosquée de l'Ascension. Un peu plus loin, mais toujours au point culminant, les Russes ont bâti une église et, à côté, une tour carrée d'une grande élévation. Du haut de cette tour, on domine tout le pays. La vue s'étend sur une partie notable de la mer Morte, sur l'emplacement de Jéricho, la vallée du Jourdain. Tout cela semble même proche, quoiqu'il faille une journée pour s'y rendre à cheval.

Quelques messes furent dites à la mosquée, beaucoup d'autres à l'église du *Pater*. Dans le beau cloître qui précède cette église, on a eu l'heureuse idée de faire peindre le texte du *Pater* en trente-deux langues différentes. Cela rappelle immédiatement le caractère d'universalité de cette prière, la première de toutes les prières. C'est une princesse de la Tour d'Auvergne, princesse de Bouillon, qui a fait construire à ses frais le couvent des Carmélites, ainsi que l'église, il y a une vingtaine d'années à peine. Elle est morte depuis et a été enterrée dans le cloître, où on voit le tombeau surmonté de sa statue en marbre blanc.

IX

Chemin de la Croix. — Bethléem. — La grotte. — Détails divers. — Une maison de Bethléem. — Fidélité aux anciens usages. — Saint-Jean-dans-la-Montagne. — Couvent des Sœurs de Sion. — Les fruits en Palestine.

Le lendemain de l'Ascension, vendredi 16 mai, fut signalé par une de nos plus touchantes cérémonies. Je

veux parler du chemin de la Croix, que nous fîmes solennellement, en suivant autant que possible la voie douloureuse, parcourue par Notre-Seigneur lui-même durant sa
Passion. On se réunit d'abord à la petite chapelle de la Flagellation ; puis, à l'heure convenue, le cortège se mit en marche
à la suite d'une de nos deux grandes croix du pèlerinage
qu'un certain nombre de pèlerins, prêtres et laïques, portaient sur leurs épaules. Des agents de police nous accompagnaient pour interrompre la circulation publique partout
où nous nous arrêtions. Nos chants, nos prières à genoux en
pleine rue, l'émotion profonde de tous les pèlerins, donnaient à cette cérémonie un caractère très touchant.
Chose triste à dire ! elle n'aurait pas pu s'accomplir dans
une ville de France, puisque les processions sont interdites dans presque toutes les grandes villes, et nous la
faisions à Jérusalem, dans l'empire du Sultan, au milieu
des infidèles, des hérétiques, sous la protection bienveillante de l'administration civile ! Pauvre France !...

Quand on vient en pèlerinage à Jérusalem, on ne peut
s'empêcher de faire deux ou trois excursions intéressantes
pour la piété et d'une exécution facile. La première a pour
objet Bethléem, la petite ville où le Sauveur naquit. Elle
n'est qu'à 9 kilomètres de Jérusalem, au midi. On peut s'y
rendre en voiture, car, par un privilège rare en Palestine,
Bethléem est reliée à la capitale par une route qui se prolonge même du côté d'Hébron. Ses environs sont plus jolis,
plus fertiles que ceux de Jérusalem, qui paraissent maudits, tant ils sont désolés. Bethléem a beaucoup d'oliviers,
des figuiers, des vignes, mais son grand trésor c'est la
grotte où Jésus est né. Elle forme la crypte de la basilique
bâtie en ce lieu par sainte Hélène, mère de Constantin. On
y vénère l'endroit où selon la tradition, le divin Enfant vint
au monde, celui de la crèche grossière où il fut couché. Un
autel a été érigé à la place où se tenaient les mages, quand
ils présentèrent leurs offrandes symboliques, l'or, l'encens
et la myrrhe. Dans d'autres parties de la grotte, on conserve

pieusement plusieurs corps saints, en particulier celui
de saint Jérôme.

Bethléem est vraiment intéressante, j'allais dire aimable.
Elle possède cet avantage entr'autres que les catholiques y
forment la majorité de la population, qui est, je crois,
d'environ cinq mille âmes, tandis qu'à Jérusalem, et à peu près
partout ailleurs, ils ne sont qu'une minorité plus ou moins
faible. Outre les Pères Franciscains attachés au service de
la sainte Grotte et de la paroisse, il y a un couvent de Carmélites françaises, des Sœurs de Saint-Vincent de Paul, des
Pères de Betharram, un magnifique orphelinat de garçons
fondé par un prêtre éminent Dom Belloni, peut-être encore
d'autres établissements religieux. On dirait une petite Jérusalem, mais sans la tristesse que celle-ci inspire par les
souvenirs de la Passion, sa ceinture de tombeaux, et sa campagne désolée.

Étant à Bethléem, j'ai eu l'occasion de pénétrer dans la maison d'un des habitants, brave homme du peuple, cultivateur,
un peu marchand, mais aisé, à en juger d'après les apparen-
ces. J'avoue que je le fis avec une certaine curiosité, heureux de prendre sur le vif un ménage de ce pays-là. Je fus
introduit par mon conducteur, qui parlait un peu français,
dans une petite maison d'assez bon aspect, comprenant un
sous-sol et un étage, le tout voûté et terminé, selon l'usage
de l'Orient, par une terrasse. Nous entrâmes à l'étage, dans
une pièce sans aucun meuble, une sorte de vestibule. Le
maître étant à son petit magasin, dans une autre rue, mon
introducteur appela la maîtresse. Je crois bien que la
brave femme faisait la sieste. Elle arriva, parut un peu
surprise de me voir, sans montrer d'embarras pourtant, et
nous fit passer au salon, je veux dire dans la pièce qui en
tient lieu. Plusieurs images de piété décoraient les
murailles, car nous étions chez des catholiques, de bons
catholiques — on en voit tant de mauvais aujourd'hui
qu'il est nécessaire de spécifier. — Point de fauteuils ni
même de chaises. On m'invita à m'asseoir sur une espèce

de divan, pendant que la digne femme, prenant un tapis roulé dans un coin, l'étendait sous mes pieds. Malgré la chaleur du dehors, il faisait très bon dans la pièce, grâce à la voûte en pierre et à l'épaisseur des murs. Par une porte entr'ouverte j'aperçus la chambre à coucher de la famille. Il n'y avait ni lits ni autres meubles, mais seulement une grande natte qui couvrait le dallage et un certain nombre de matelas et de couvertures entassés le long du mur. D'où j'ai cru pouvoir conclure raisonnablement que nos ébénistes et nos tapissiers français feraient de petites affaires dans ce pays-là.

Les meuniers ne gagneraient peut-être pas davantage ; car en descendant au sous-sol, je me trouvai tout à coup en face d'un moulin, moulin primitif et très simple, mû par un âne, les yeux bandés. C'est le supplice de la meule auquel les pauvres esclaves étaient autrefois condamnés. Je fus content de trouver ce vestige de l'antiquité qu'on chercherait sans doute vainement en France. J'ai vu aussi, sur la montagne des Oliviers, dépiquer le grain, comme on le faisait vraisemblablement au temps d'Abraham : les gerbes déliées sont étendues sur l'aire, et plusieurs vaches ou bœufs attachés ensemble les foulent aux pieds en tournant en rond, jusqu'à ce que tout le grain soit sorti de l'épi. On voit qu'il y a loin de ce procédé si rudimentaire à nos savantes et puissantes batteuses européennes. Mais c'est là un des charmes de l'Orient qu'il conserve indéfiniment les anciens usages. Ainsi les puits n'ont point de tours, encore moins de pompes, pour monter l'eau. Comme aux temps les plus reculés, l'orifice est presque au niveau du sol, et simplement couvert d'une pierre un peu large. Si Éliézer revenait avec ses chameaux, il retrouverait Rébecca venant le soir, avec les autres femmes et jeunes filles du village, faire la provision d'eau, et portant sa cruche sur sa tête.

Après Bethléem, il faut voir Saint-Jean *dans la montagne*, à six kilomètres de Jérusalem au sud-ouest. C'est le village

que les parents de saint Jean-Baptiste, Zacharie et Élisabeth,
habitaient, le lieu par conséquent où il naquit, l'endroit
aussi où s'accomplit la Visitation et où furent composés le
Magnificat par la très sainte Vierge, le *Benedictus* par saint
Zacharie. La principale église dédiée au Précurseur est
bâtie sur l'emplacement que la maison de ses pieux parents
occupait. Elle est gardée et desservie par les Révérends
Pères Franciscains dont le couvent est contigu. Comme à
Jérusalem, à Nazareth, à Bethléem, les bons Pères donnent
là gracieusement l'hospitalité aux pèlerins. En venant de
Jérusalem, on traverse un pays horrible, couvert de rochers
nus, puis on descend longtemps et rapidement, jusqu'à ce
qu'on arrive à Saint-Jean qui est dans une jolie vallée
entourée de montagnes. La vallée est fertile grâce à une
fontaine abondante qui permet d'arroser. Aussi voit-on des
jardins. Les Sœurs de Sion ont à Saint-Jean un bel établissement qui possède le tombeau du P. de Ratisbonne leur
fondateur. La chapelle vient d'être terminée, et les Sœurs,
par une pensée délicate, en avaient fixé la bénédiction au
jour où le pèlerinage de France viendrait les visiter. C'est
le R. P. Bailly qui a présidé la cérémonie. On aurait pu se
croire en France, car l'établissement est tenu à l'euro-
péenne avec le plus grand soin. Dans les jardins, à côté
du sempiternel olivier, nous avons vu avec plaisir les arbres
à fruits de notre pays, le pommier, le poirier, le prunier.
Ils y réussissent assez bien malgré la différence du climat.
J'ai même vu un cerisier, mais un ceriser en caisse qui
pouvait bien avoir un mètre de haut et qui portait huit ou
dix cerises. La Terre-Sainte est très pauvre en fruits européens. Elle a l'olive, l'orange, le citron, l'abricot, de mauvaises petites pommes de la grosseur d'une noix. Ce sont
du moins les seuls fruits que j'aie vus sur le marché de
Jérusalem. Encore disait-on que les abricots venaient de
Damas. La friandise du pays — une petite friandise — c'est
le concombre, que l'on cultive partout où il y a un peu
d'eau pour l'arroser. On le mange crû sans aucun assaison-

nement, on le mange cuit, on le mange en salade. En un mot c'est le légume qui a toutes les faveurs — des indigènes, pas des pèlerins.

X

Excursions secondaires. — Visite de l'emplacement du temple de Salomon. — Mosquées d'Omar et d'El-Aksa. — Fête de la Pentecôte. — Départ de Jérusalem. — Retour en France. — Conclusion.

Outre Bethléem et Saint-Jean *in montana*, quelques pèlerins voulurent voir Hébron, où ils furent assez mal reçus, parce que la population presque entièrement musulmane célébrait la fin du grand jeûne appelé le *Ramadan*. D'autres se rendirent au Jourdain et à la mer Morte et en revinrent contents. Un d'eux alla jusqu'à dire qu'il s'était cru un moment sur les bords de la Seine, aux environs de Paris. — Y voit-on autant de villas? lui demanda un homme plus pratique. — Le Parisien avait donné une pure gasconnade, car les abords de la mer Morte sont désolés et les rives du Jourdain guère plus riantes, quoique moins pauvres de végétation. Le pays est d'ailleurs très peu habité, et encore mal habité, puisqu'un pèlerin qui voulut y aller seul dut se faire accompagner d'un gendarme turc. Même dans ces conditions, tout le monde regardait son excursion comme une grave imprudence. Il courait le risque d'être assailli par des bédouins, qui lui auraient tout enlevé, peut-être la vie comprise.

Moins aventureux, la plupart des pèlerins trouvaient leur bonheur à aller prier le plus souvent qu'ils pouvaient dans les différents sanctuaires de la Ville Sainte, surtout au Saint-Sépulcre. Plusieurs désiraient vivement visiter l'emplacement de l'ancien temple juif, occupé maintenant en partie par les mosquées d'Omar et d'El-Aksa; mais l'entrée n'en est pas libre pour les chrétiens. J'en parle de science certaine parce qu'ayant voulu un jour m'y introduire, je fus arrêté tout court par le soldat de garde à l'entrée, et invité d'un geste à rebrousser chemin.

Cependant le frère Liévin obtint des autorités musulmanes la permission de nous y conduire tous ensemble, à la condition que chaque pèlerin paierait une légère rétribution. A ce service, le bon Frère joignit celui de nous donner sur place les plus précieux renseignements touchant les différentes parties du temple et l'endroit que chacune d'elles occupait au moins d'après ce que l'on en sait. De tant de superbes bâtiments, il ne reste absolument rien aujourd'hui. Ils couvraient tout le mont Moriah, c'est-à-dire une des collines sur lesquelles Jérusalem est bâtie.

C'est la colline qui domine la vallée de Josaphat, en faisant face au mont des Oliviers. Leur emplacement forme un immense quadrilatère qui s'appuie aux remparts de deux côtés, au nord et à l'est. Il y a encore de vastes cours dallées. Ailleurs le sol est envahi par toute espèce de plantes sauvages que personne ne se donne la peine de détruire. Vers le milieu du terrain, on a bâti, longtemps après la ruine du temple, la célèbre mosquée d'Omar, une des merveilles du monde, au dire des musulmans. On y voit, en effet, de belles mosaïques, surtout de magnifiques verrières; mais ni par les proportions, ni par l'architecture, elle ne m'a paru la perle incomparable dont on parlait. Je lui préférerais même, comme ensemble, la mosquée de Méhémet-Ali, au Caire. Je conviens du reste volontiers que je puis n'être pas bon juge en la question. Au centre de cette mosquée d'Omar, sous la coupole, se trouve le rocher sur lequel, d'après la tradition juive et musulmane, le sacrifice d'Abraham aurait eu lieu, lorsqu'il fut sur le point d'immoler Isaac, son fils unique. Cette pierre aurait formé alors le sommet du mont Moriah. Elle est, de la part des musulmans, l'objet d'une grande vénération.

A l'extrémité de l'emplacement du temple, du côté sud, il existe une autre mosquée appelée El-Aksa, ou plutôt une ancienne basilique chrétienne construite par sainte Hélène et convertie depuis en mosquée. On croit, nous a dit le frère Liévin, que ce lieu était occupé, au temps de Notre-Seigneur, par les bâtiments où vivaient de pieuses femmes qui prenaient soin des vêtements sacerdotaux. Elles formaient une sorte de communauté à laquelle on confiait aussi des jeunes filles, avec la mission de les élever dans la crainte de Dieu. C'est là que la très sainte Vierge aurait été reçue tout enfant, quand ses pieux parents la présentèrent au temple ; là aussi qu'aurait habité, toujours d'après la tradition chrétienne, le saint vieillard Siméon qui reçut l'enfant Jésus dans ses bras et composa à cette occasion le cantique *Nunc dimittis*. La basilique aurait même été bâtie à cause de ces souvenirs évangéliques. Quelle tristesse de la voir actuellement profanée et arrachée au culte chrétien !

Le jour de la Pentecôte, 25 mai, les offices se firent avec beaucoup de solennité dans la belle église des Pères Franciscains, l'église du Saint-Sauveur. Mais à la joie de cette grande fête se mêlait déjà la préoccupation du départ, car le temps de notre séjour à Jérusalem touchait à sa fin. Notre *Poitou*, après une excursion à Beyrouth, à Saint-Jean-d'Acre, était revenu en rade de Jaffa, où il nous attendait. Le lundi, nous fîmes une dernière visite au Saint-Sépulcre, au Calvaire, puis il fallut quitter la Ville Sainte, où nous avions eu le bonheur de passer dix-huit jours.

J'ai déjà dit qu'à notre arrivée le voyage de Jaffa à Jérusalem avait été extrêmement pénible. Le retour ne le fut guère moins, car il dut s'effectuer également de nuit, dans les mêmes voitures impossibles. A chaque instant, on pouvait craindre quelque accident. Pourtant, grâce à la Providence qui veillait sur nous, il n'en arriva point, si ce n'est qu'une voiture perdit une de ses quatre roues en chemin, mais cela ne l'empêcha pas de poursuivre jusqu'à

Jaffa. On se contenta de faire descendre les voyageurs qui étaient du côté où la roue manquait, et de les mettre en surcharge dans les voitures suivantes. Pour les voituriers de ce pays-là, un ressort cassé, une roue de plus ou de moins, sont des bagatelles incapables d'inquiéter un homme sérieux. On dit qu'on va construire un chemin de fer de Jaffa à Jérusalem. Ce serait vraiment une excellente idée, car ce trajet, quoique relativement court, entre pour une forte part dans la fatigue que le pèlerinage impose. C'est la plus dure étape, en dehors du voyage par la Samarie, avec cette différence que ce dernier n'est obligatoire pour personne, tandis qu'on ne peut s'empêcher de passer par Jaffa, au moins au retour.

Dans la matinée du 27 nous embarquâmes et vers 10 heures le *Poitou*, virant de bord, prit le chemin de la France. La mer était magnifique, détail important pour le bien-être des passagers. Chacun retrouva sa couchette, sa place à table, les divers objets qui avaient déjà été à son usage, dans la première traversée, de façon qu'on fût tout de suite en pays connu. La nuit suivante fut signalée tristement par la mort subite d'un des hommes de l'équipage âgé seulement de 42 ans. Vers le soir il avait été pris d'une indisposition qui, au bout d'une heure, semblait avoir disparu. Il se coucha; c'était pour ne plus se relever, car le lendemain on le trouva mort dans son hamac. Il mourut ainsi sans sacrements sur un navire où il y avait cent soixante prêtres. Tant sont vraies ces paroles de l'Évangile, qu'il faut se tenir prêt, que la mort, pareille à un voleur, arrive souvent au moment où on l'attend le moins. Nous fîmes d'abondantes prières pour l'âme de ce pauvre matelot, et après la cérémonie des funérailles, à laquelle tout le monde voulut assister, le corps fut confié aux abîmes de la mer. Nous voguions à ce moment sur des fonds de plus de trois mille mètres de profondeur. Qu'il repose en paix, en attendant la résurrection!

Nous côtoyâmes bientôt le sud de l'île de Candie, où l'on

ne voit ni villes, ni villages, mais seulement des rochers déserts. Le calme continua, même sur la mer Ionienne, dont les eaux sont presque toujours agitées. Nous franchîmes de jour le détroit de Messine, ce qui nous permit de jouir du magnifique spectacle qu'il présente, mais nous y perdîmes en partie le calme dont nous jouissions depuis Jaffa. En effet, après avoir dépassé les îles Lipari, la mer devint houleuse, en ramenant pour les *cœurs sensibles* les petits accidents déjà indiqués. La tranquillité nous fut rendue à l'abri de l'île de Corse, puis l'agitation revint pour quelques heures. Le plus heureux, c'était que notre brave navire, sans s'inquiéter de toutes ces variations, avançait toujours, en faisant un peu plus de cent lieues par vingt-quatre heures.

Le mardi matin, 3 juin, quand nous montâmes sur le pont, nous eûmes la joie d'apercevoir sur son rocher le sanctuaire béni de Notre-Dame de la Garde. Nous étions à Marseille. A huit heures, nous débarquions, et chacun de nous, après avoir satisfait aux exigences de la douane à l'égard des bagages, put se rendre à la gare et aviser au moyen de regagner ses foyers le plus promptement possible.

J'ai fini.

Puissent ces quelques pages, écrites sans art comme sans prétention, exciter chez ceux qui les liront un vif désir de visiter la Terre-Sainte à leur tour !

Les pèlerinages de dévotion sont certainement conformes à l'esprit de l'Église. Ils honorent Dieu, parce qu'ils sont des actes publics de religion. Ils procurent l'expiation des péchés, parce qu'on y fait toujours pénitence d'une façon ou d'une autre. Ils attirent des grâces abondantes, parce qu'on y prie bien. Ils édifient par le bon exemple. Mais surtout ils raniment la foi, ils arrachent l'âme à la routine, disons-mieux à la torpeur spirituelle dans laquelle elle s'endort si facilement.

Or, parmi tous les pèlerinages, celui de Jérusalem tient

certainement le premier rang. Voilà pourquoi j'ose exhorter tous mes lecteurs chrétiens, mais spécialement mes chers et vénérés confrères, à le faire, s'ils le peuvent, et sans tarder. Il entraîne une assez forte dépense, puis il exige une absence d'environ sept semaines : voilà les deux principaux obstacles. Quant aux fatigues auxquelles il expose, elles sont de celles qu'une santé moyenne peut facilement supporter, à l'aide de quelques précautions hygiéniques. Le mal de mer ne tue jamais. Les rares accidents qu'on signale chaque année sont généralement dus à des imprudences. Et d'ailleurs, supposé qu'il faille faire quelques sacrifices du côté du bien-être, comme ils sont largement compensés !... Pour moi, je m'estime si heureux d'avoir fait ce pèlerinage que je ne cesserai d'en remercier Dieu, comme d'une des plus grandes grâces qu'il m'ait accordées dans son infinie miséricorde. Les doux souvenirs que j'en ai rapportés embaumeront le soir de ma vie.

Bourges. — Imp. Tardy-Pigelet, rue Joyeuse, 15.